YASMIN

la
exploradora

escrito por
SAADIA FARUQI

ilustraciones de
HATEM ALY

PICTURE WINDOW BOOKS
a capstone imprint

A Mariam por inspirarme, y a Mubashir
por ayudarme a encontrar las palabras
adecuadas — S.F.

A mi hermana, Eman, y sus maravillosas
niñas, Jana y Kenzi — H.A.

Publica la serie Yasmin por Picture Window Books,
una imprenta de Capstone,
1710 Roe Crest Drive
North Mankato, Minnesota 56003
www.capstonepub.com

Texto © 2020 Saadia Faruqi
Ilustraciones © 2020 Picture Window Books

Translated into the Spanish language by Aparicio Publishing

Los datos de CIP (Catalogación previa a la publicación, CIP) de la Biblioteca
del Congreso se encuentran disponibles en el sitio web de la Biblioteca.

ISBN 978-1-5158-4663-5 (hardcover)
ISBN 978-1-5158-4698-7 (paperback)
ISBN 978-1-5158-4682-6 (eBook PDF)

Resumen: ¡Todos los exploradores necesitan un mapa! Baba le dice a Yasmin
que haga su propio mapa. Pero cuando Yasmin pierde a Mama en el mercado,
¿conseguirá encontrarla con su mapa?

Editora: Kristen Mohn
Diseñadora: Aruna Rangarajan

Elementos de diseño:
Shutterstock: Art and Fashion, rangsan paidaen

Impreso y encuadernado en los Estados Unidos de América.
002343

CONTENIDO

Capítulo 1

Mapas antiguos

Una tarde, Yasmin estaba leyendo con Baba.

—Hace mucho tiempo, los exploradores usaban mapas de papel para encontrar el camino —dijo Baba.

—¿Qué es un explorador? —preguntó Yasmin.

—Es alguien que descubre lugares nuevos, un aventurero —dijo Baba.

Yasmin miró los mapas del libro de Baba. Había carreteras con curvas y carreteras rectas. Había lagos, ríos y bosques.

—¡Yo quiero ser exploradora! —dijo.

—Entonces, lo primero que necesitas es un mapa —contestó Baba.

Yasmin aplaudió.

—Voy a hacer un mapa

del vecindario —dijo ella.

—Buena idea —dijo Baba.

Yasmin sacó crayones y papel.

Dibujó su casa. Al final
de la calle había un mercado.
Cerca estaba el parque.

—¡Es excelente, jaan! —dijo
Baba, llamándola por su apodo
cariñoso.

Pronto llegó Mama.

—Yasmin, voy al mercado.

¿Quieres venir conmigo?

Yasmin dio un salto. —¡Sí! ¡Será como ir a explorar! —Apenas podía contener la emoción mientras Mama se ponía el hijab y agarraba su bolsa.

—¡No te olvides del mapa! —dijo Baba—. Todos los exploradores necesitan un mapa.

Capítulo 2

El mercado

Mama y Yasmin bajaron
por la calle hasta el mercado.
El aire era fresco y olía a flores.

—¡Por aquí se va al mercado,
Mama! —dijo Yasmin, señalando
su mapa.

La calle estaba
llena de gente.
¡Había personas
en todas partes!

—Dame la
mano, Yasmin. No
quiero que te pierdas
—avisó Mama.

Hicieron la
primera parada
en el puesto de
fruta. Mama compró
fresas y plátanos.

Yasmin se sentó en la acera
y dibujó el puesto de fruta
en su mapa.

La siguiente parada era
el puesto de la panadería. Tenía
todo tipo de panes ¡y olían
deliciosos!

Había panes finos y gruesos.

Grandes y pequeños. ¡Qué rico!

—¡Dos naan, por favor!

—dijo Mama.

Yasmin dibujó el puesto

de la panadería en su mapa.

Había tantos olores ricos

y tantas cosas que ver.

Yasmin vio un señor que vendía

globos. Un poco más adelante,

en la calle, una señora vendía

rosas. El camión de helados estaba

estacionado en la esquina.

Por fin, encontró lo que estaba

buscando. ¡El parque! Yasmin

estaba deseando explorar.

—¡Mama, voy al parque!

¡Ahora vuelvo!

Capítulo 3

Mapa al rescate

Yasmin corrió a los columpios.

¡Los columpios eran sus favoritos!

¡Arriba, arriba, arriba!

Después fue al arenero.

¡Buscaría un tesoro escondido!

Yasmin la estaba pasando muy
bien jugando. Entonces, pensó
algo. ¿Dónde estaba Mama?

Yasmin buscó por todas partes,
pero había demasiados niños.

Oh, no.

Yasmin respiró hondo.

—Soy una exploradora
valiente —se recordó
a sí misma—.
Puedo encontrar
a Mama y volver
a su lado.

Todavía
tenía el mapa.
Lo desenrolló
y lo estudió.

Miró hacia el lugar donde

estaba el señor de los globos.

Después, a la señora que vendía

rosas y el camión de helados.

 Vio el puesto de fruta donde

Mama había comprado

fresas. Vio el puesto

de la panadería donde

Mama había comprado naan.

Pero no vio a Mama.

Yasmin intentó no llorar.

Los exploradores no lloran.

Entonces vio el hijab azul
de Mama. Corrió hacia ella.

—¡Mama!

—¡Ahí estás, Yasmin! —dijo
Mama—. ¡Te estaba buscando!
¡Tienes que decirme adónde vas!

—Lo hice, pero no me oíste.
Lo siento —dijo Yasmin, llorando
aliviada.

—Vamos a casa a hacer
la cena —dijo Mama, abrazando
a Yasmin—. Baba nos está
esperando.

Yasmin asintió. La próxima vez

que fuera a explorar, ¡llevaría

su mapa *y* a Mama!

Piensa y comenta

* Perderse puede dar mucho miedo. Piensa qué harías si te perdieras. Habla con tu familia y piensen juntos un plan.

* Si pudieras explorar cualquier lugar del mundo, ¿adónde irías? ¿Qué equipo llevarías?

* Piensa en tu vecindario. ¿Hay casas y apartamentos? ¿Hay un parque, una escuela o una tienda cerca? Dibuja un mapa y muéstraselo a tu familia.

¡Aprende urdu con Yasmin!

La familia de Yasmin habla inglés y urdu.
El urdu es un idioma de Pakistán.
¡A lo mejor ya conoces palabras en urdu!

baba—padre

hijab—pañuelo que cubre el cabello

jaan—vida; apodo cariñoso para un ser querido

kameez—túnica o camisa larga

mama—mamá

naan—pan plano que se hace en el horno

nana—abuelo materno

nani—abuela materna

sari—vestido que usan las mujeres en Asia del Sur

Datos divertidos de Pakistán

Yasmin y su familia están orgullosos de su cultura pakistaní. ¡A Yasmin le encanta compartir datos de Pakistán!

Localización

Pakistán está en el continente de Asia, con India en un lado y Afganistán en el otro.

Moneda

La moneda, o dinero, de Pakistán se llama rupia.

Idioma

El idioma nacional de Pakistán es el urdu, pero también se habla inglés y otros idiomas.

(Salaam significa "paz")

Historia

El Día de la Independencia de Pakistán se celebra el 14 de agosto.

Sabor a Pakistán

Lassi de mango (bebida de yogur)

Ingredientes:
- algunos cubitos de hielo
- 1 taza (240 ml) de yogur natural
- ½ taza (120 ml) de agua
- 2 cucharaditas (8 g) de azúcar
- ½ taza (120 ml) de pulpa de mango en lata

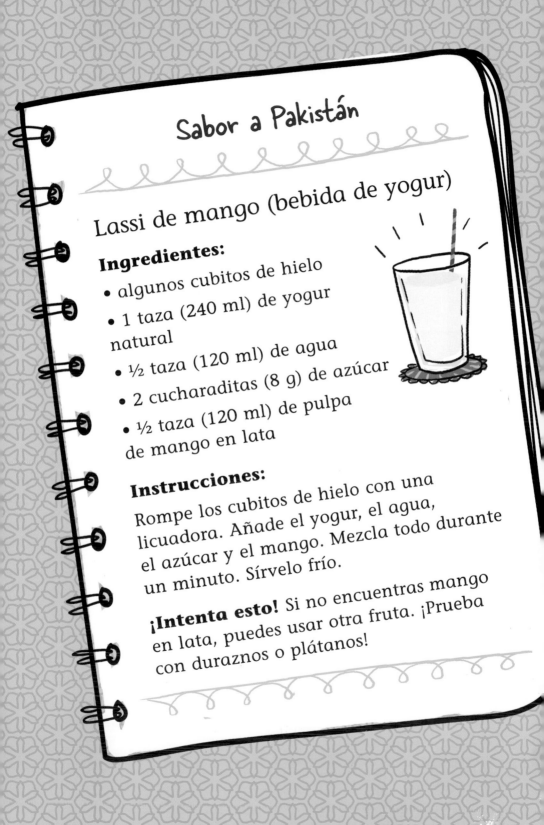

Instrucciones:

Rompe los cubitos de hielo con una licuadora. Añade el yogur, el agua, el azúcar y el mango. Mezcla todo durante un minuto. Sírvelo frío.

¡Intenta esto! Si no encuentras mango en lata, puedes usar otra fruta. ¡Prueba con duraznos o plátanos!

Saadia Faruqi es una escritora estadounidense y pakistaní, activista interreligiosa y entrenadora de sensibilidad cultural que ha salido en la revista *O Magazine*. Es la autora de la colección de cuentos cortos para adultos *Brick Walls: Tales of Hope & Courage from Pakistan* (Paredes de ladrillo: Cuentos de valentía y esperanza de Pakistán). Sus ensayos se han publicado en el *Huffington Post, Upworthy* y *NBC Asian America*. Reside en Houston, Texas, con su esposo y sus hijos.

Hatem Aly es un ilustrador nacido
en Egipto. Su trabajo ha aparecido en múltiples
publicaciones en todo el mundo. En la actualidad
vive en el bello New Brunswick, en Canadá,
con su esposa, su hijo y más mascotas que
personas. Cuando no está mojando galletas
en una taza de té o mirando hojas de papel
en blanco, suele estar dibujando libros. Uno
de los libros que ilustró es *The Inquisitor's Tale*
(El cuento del inquisidor), escrito por Adama
Gidwitz, que ganó un Newbery Honor y otros
premios, a pesar de los dibujos de Hatem
de un dragón tirándose pedos, un gato
con dos cabezas y un queso apestoso.

¡Acompaña a Yasmin en todas sus aventuras!

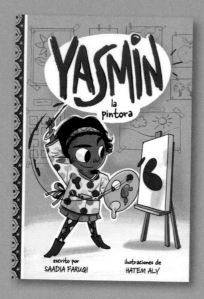

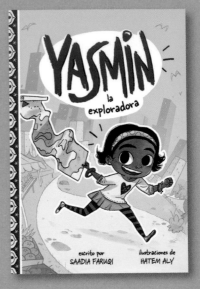

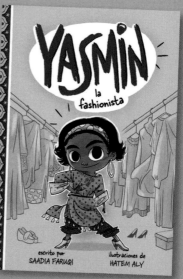

Descubre más en

www.capstonepub.com